AF298975

CONNOISSEUR,

COMÉDIE DE SOCIÉTÉ,

EN TROIS ACTES

ET EN PROSE.

Par M. le Chevalier D. G. N. Auteur du Drame de JENNI.

A PARIS,

Chez VALADE, Libraire, rue Saint Jacques, vis-à-vis celle de la Parcheminerie.

M. DCC. LXXI,

Avec Approbation & Permission.

AU LECTEUR.

SI ce petit Ouvrage a quelque succès, je le devrai tout entier à M. de Marmontel.

J'avois toujours entendu admirer son joli Conte *du Connoisseur*, & regretter le peu de succès de ceux qui avoient tenté de le mettre en action : les difficultés ne me rebutèrent pas; j'essayai.... & je composai cette Comédie. Ai-je réussi? ce n'est pas à moi à en juger.

On m'engageoit de la donner à Messieurs les Comédiens François; j'avois tout lieu d'espérer de la voir sur leur Théâtre, lorsque j'appris que quelqu'un travailloit sur le même sujet pour les Italiens ; cela m'a déterminé à faire imprimer ma Piece sur le champ, sans suivre la route ordinaire.

ACTEURS.

M. DE FINTAC, *Connoisseur, oncle d'Agathe.*

AGATHE, *Nièce de Fintac.*

CELICOUR, *Amant d'Agathe.*

M. DE L'EXERGUE, *Antiquaire, ami de Fintac.*

CLEMENT, *Valet-de-Chambre de Fintac, mari de Lisette.*

LISETTE, *Femme-de-Chambre d'Agathe.*

La Scène se passe à Paris dans le Sallon du Connoisseur.

LE CONNOISSEUR,

COMEDIE.

ACTE PREMIER.

SCENE PREMIERE.

AGATHE, *affise auprès d'une table, tient un livre ouvert fans le lire.*

LISETTE, *un peu éloignée & affise, lit auffi.*

AGATHE, *à part.*

Mon oncle eft inquiet de ne pas voir Celicour; que fignifie cet empreffement ?

LISETTE, *à part, bâillant.*

Que l'ennui le fot livre !

AGATHE, *à part.*

Ce n'est pas pour m'épouser !.... Cependant il y a quelque chose de singulier.... N'agissons qu'avec une extrême prudence.

LISETTE *regarde Agathe.*

Ah ! ah ! Mademoiselle.... Mais vous ne lisez pas trop cette Traduction si estimée de Monsieur de Fintac, votre très-cher oncle !

AGATHE, *levant les yeux.*

Que dis-tu, Lisette ?....

LISETTE.

Des distractions.... Je n'en doute plus.... Oui, quelque chose vous occupe, &....

AGATHE, *vivement.*

Explique-toi.... Que signifie ?....

LISETTE.

Serez-vous là.... de bonne foi ?....

AGATHE.

Oui.

LISETTE.

Eh bien, je crois que Monsieur Celicour a beaucoup de part....

AGATHE, *riant.*

La plaisante idée !... Celicour est fils d'un ami intime de mon oncle ; il vient le voir pour se former, rien n'est plus naturel ; j'ai passé l'année derniere un mois avec lui chez ma tante, il m'a paru avoir de l'esprit ; tant mieux, il nous amusera... Voilà, ma chere Lisette, tout l'intérêt que j'y prends.

LISETTE, *malignement.*

Voilà tout l'intérêt que vous y prenez?... J'ai tort.... J'imaginois que l'un & l'autre.... On se persuade des choses.... N'en parlons plus. Il nous amusera : cette idée est charmante ; il y a si longtemps que nous nous ennuyons ; car avec toute leur Science, ces Messieurs sont fort peu amusans.

AGATHE *riant.*

Leur ridicule me fournit toujours quelque sujet de rire....

LISETTE.

Parce que vous avez de l'esprit, vous tournez cela d'une façon.... Et leur figure vous plaît-elle aussi? Monsieur de Fintac a, je crois, rassemblé les individus les plus maussades.. Ce sont des corps bien laids qu'ont là ces beaux esprits !..

AGATHE *souriant.*

Tu fais des Epigrammes ?

LISETTE.

J'enrage de voir qu'il faut ici étudier tout le jour, applaudir les choses les plus plates, rire de productions ennuyeuses ; admirer des colifichets.... bons à jetter dans la rue, & vivre avec les êtres....

A iv

AGATHE *souriant.*

Quelle vivacité! quel emportement!.... Lifette, je le dirai à mon oncle, il vous mettra à
la morale la plus févere; il faut calmer vos
fens. ... Votre livre vous a-t-il appris tout cela?

LISETTE.

Bon!.... il m'a excédé; il radote, il parle du
bonheur qu'on goûte à n'être pas riche, des peines de ceux qui ont du bien, des plaifirs de ceux
qui n'en ont pas; & il appelle cela.... une....
une compenfation, parce que ceux qui ont des
richeffes.... non.... ceux qui font dans la médio-
crité.... Ma foi, je ne fçais ce que je veux dire....

AGATHE *souriant.*

Si tu parles auffi clairement quand tu donnes
des leçons à Clément....

LISETTE.

Mon cher mari!... M. de Fintac m'a ordonné
de lui enfeigner un peu de Philofophie.... Avec
le temps j'éfpere réuffir.... 1°. Il me croit comme
un oracle.... Grand point!... 2°.... J'entends
une voiture.... c'eft fans doute Celicour.... oui...
Il eft charmant!....

AGATHE *à part.*

Ne laiffons point pénétrer nos fentimens.

SCENE II.

AGATHE, CELICOUR, LISETTE.

CELICOUR *à part.*

Qu'elle est belle !... (*Avec timidité.*) Je suis peut-être indiscret....

AGATHE *froidement.*

Je vous salue, Monsieur, je vais faire avertir mon oncle.

CELICOUR.

Ne reconnoîtriez-vous plus Celicour ? laissez moi jouir quelques instans du bonheur de vous entretenir ; chaque jour augmente vos appas, & chaque jour....

AGATHE *souriant.*

Vous le sçavez, je n'aime pas les éloges.... Parlons de mon oncle, il est très-impatient de vous voir.

CELICOUR.

Je désire ardemment de lui plaire : heureux, si je puis y réussir.... Charmante Agathe, si vous vouliez m'aider à mériter ses bontés....

AGATHE *souriant.*

Il est beau d'être modeste.... mais il me semble que vous n'avez pas besoin d'aide....

CELICOUR.

Pardonnez-moi ; je sçais que les grands hommes ont presque tous des singularités.... quelquefois même des foiblesses ; pour flatter leurs goûts, leurs opinions, il faut les connoître ; pour les connoître, il faut les étudier, &.... Si vous vouliez, belle Agathe, vous m'abrégeriez cette étude. Après tout, de quoi s'agit-il ? de gagner la bienveillance de votre oncle.... Rien au monde n'est plus innocent.

AGATHE *souriant.*

Il est donc d'usage en Province de s'entendre avec les nieces, pour réussir auprès des oncles ? Cela n'est pas si mal-adroit.

CELICOUR.

Je n'y vois rien que de très-simple.

AGATHE.

Ainsi, si mon oncle avoit des singularités, des foiblesses, il faudroit vous en donner avis ?

CELICOUR.

Pourquoi non.... Me soupçonneriez-vous d'en vouloir faire un mauvais usage ?

AGATHE.

Non.... (*souriant.*) Mais sa niece !...

CELICOUR.

Eh bien ! sa niece doit souhaiter qu'on cherche à lui complaire ; il a passé l'âge où l'on se corrige, il n'y a donc plus qu'à le ménager, je le dois; c'eſt l'ami de mon pere, &....

AGATHE *riant.*

On ne peut mieux lever les ſcrupules.

CELICOUR.

Pouvez-vous en avoir quelqu'un ?... Mais je le vois, l'abſence....

AGATHE *riant.*

Vous êtes étonnant.... L'abſence !.... Que voulez-vous dire ?... En effet, dans toute ma vie j'ai paſſé un mois avec Monſieur.... comment puis-je avoir des ſecrets pour lui?

CELICOUR *troublé.*

(*A part.*) Je ne la reconnois plus. (*Haut.*) Ex- cuſez mon indiſcrétion.... Je ne croyois pas.... J'imaginois....

LISETTE.

Comme vous l'intimidez, quelle méchan- ceté!... (*A Celicour.*) Tenez, Monſieur, je vais vous inſtruire, moi. M. de Fintac eſt un bon homme qui n'eut jamais été que cela, ſi on ne lui avoit pas mis dans la tête la prétention de ſe connoître à tout....

AGATHE *ſouriant.*

Liſette, doucement....

CELICOUR.

Ne craignez pas que j'abuſe....

AGATHE.

Au reste, ce qu'elle vous dit, vous le sçauriez après une heure de conversation avec mon oncle: effectivement vous serez surpris des gens que vous trouverez ici. Vous rirez sur-tout d'un M. de l'Exergue, érudit de la premiere force, plein de mépris pour tout ce qui est moderne; il estime les choses par le nombre de siecles; il veut même qu'une jeune femme ait un air d'antiquité, & il m'honore de son attention, parce qu'il me trouve le profil de l'Impératrice *Popée.*

LISETTE.

Comme elle vous les arrange!....

CELICOUR *tendrement.*

Vous êtes sans doute la Déesse qui présidez à tous leurs travaux ?....

AGATHE.

Point du tout.... Ces Messieurs me font l'honneur de me regarder comme un enfant; aussi ne se gênent-ils pas, & la sottise du bel esprit est avec moi tout à son aise..... Ne me trahissez pas, au moins.

CELICOUR.

Ne craignez rien.... Mais, belle Agathe, il faudroit cimenter notre intelligence par des liens plus étroits.

AGATHE *souriant.*

Ceux de l'amitié... & de l'estime. (*sérieusement.*)

CELICOUR *soupirant.*

Ah !....

LISETTE.

Voici M. de Fintac.

SCENE III.

M. DE FINTAC, AGATHE, CELICOUR, LISETTE.

FINTAC.

PARDON, mon ami, j'étois à résoudre un pro-
blême.... Te voilà enfin arrivé !... Que je t'em-
brasse.... Mais comme il est grand !... C'est son
pere trait pour trait....

CELICOUR.

Je désirois avec empressement le bonheur de
vous connoître, & de profiter....

FINTAC.

Oui, oui, tu profiteras.... Que j'ai de joie
de te voir ! Eh bien, les travaux littéraires ?....
Je sçais que tu as eu des succès en Province ;
mais en Province, crois-moi, les Arts & les
Lettres sont encore au berceau ; sans le goût,
l'esprit & le génie ne produisent rien que d'informé, & il n'y a du goût qu'à Paris. Commence

d'abord par te perfuader que tu ne fais que de naître, & par oublier tout ce que tu as appris.

CELICOUR, *regardant Agathe.*

Ah! que n'oublierois-je pas!... Oui; Mon-fieur, je ne fçais quel charme on refpire en ces lieux; mais il fe développe en moi des facultés qui m'étoient inconnues; il me femble que je viens d'acquérir de nouveaux fens, une ame nouvelle.

FINTAC, *lui frappant fur l'épaule.*

Bon, bon!... voilà de l'enthoufiafme; il eft né Poëte, à ce feul trait je le garantis tel.

CELICOUR.

Il n'y a point de Poëfie à cela... c'eft la naïve & fimple nature.

FINTAC.

Tant mieux, c'eft-là le vrai talent.... Et à quel âge t'es-tu fenti animé de ce feu divin?

CELICOUR, *regardant tendrement Agathe.*

Hélas! Monfieur, j'en ai eu quelques étincel-les en Province; mais.... je n'y éprouvai jamais cette chaleur vive & foudaine qui me pénetre dans ce moment.

FINTAC.

C'eft l'air de Paris....

CELICOUR, *vivement.*

C'eft l'air de votre maifon; je fuis dans le

Temple des Muses , (*regardant Agathe*) & il y
regne une Divinité.

FINTAC, *croyant que Celicour veut parler de lui.*

Ah! mon ami, tu es trop bon , & c'eft pouffer
l'hyperbole à un dégré.... Ma niece, & vous
Lifette, je veux vous procurer un grand plaifir:
tenez, voici ma clef, allez voir ma collection
d'araignées, j'avois oublié de vous le dire.

LISETTE, *à part.*

Ne voilà-t'il pas quelque chofe de bien cu-
rieux? (*Elles fortent.*)

SCENE IV.

M. DE FINTAC, CELICOUR.

FINTAC.

Nous en voilà débarraffés. Je fçais bon gré
à ton pere d'avoir fuivi mes confeils, de t'avoir
envoyé à Paris dans l'age où la nature eft affez
docile pour recevoir les impreffions du bien;
mais garde-toi bien de celles du mal; tu trou-
veras plus de faux Connoiffeurs que de bons
Juges; ne va pas confulter tout le monde , &
tiens-t'en aux lumieres d'un homme (*mifterieu-*
fement) que je te ferai connoître, & qui ne s'eft
jamais trompé fur rien.

CÉLICOUR, *vivement.*

Ah! daignez m'enfeigner ce mortel éclairé.

FINTAC.

C'eft moi.... moi qui ai paffé ma vie avec tout ce que les Arts & les Lettres ont de plus confidérables; moi qui depuis vingt ans m'exerce à diftinguer dans les chofes d'imagination & de goût les beautés réelles & permanentes, des beautés de mode & de convention.... Je le dis parce qu'on le fçait, & qu'il n'y a pas de vanité à convenir d'un fait connu.... Tu ne m'écoutes pas?... Diftraction de Poëte....

CÉLICOUR, *fortant de fa rêverie.*

Vous me pardonnerez?... D'un fait connu.... Vous avez une niece charmante, pleine d'ef-prit....

FINTAC.

De l'efprit!... Non.... du clinquant.... Rien de folide; c'eft une étourdie que j'ai voulu éle-ver avec foin; mais elle n'a aucun goût pour l'étude. Je l'avois engagée à jetter les yeux fur l'Hiftoire; elle ma rendu mes livres, en me di-fant que ce n'étoit pas la peine de lire pour voir dans tous les fiecles d'illuftres fous & de hardis fripons fe jouer d'une foule de fots.

CÉLICOUR *rit.*

Ha ha ha....

FINTAC.

FINTAC.

Tu ris de son ridicule.... J'ai voulu effayer de la Morale, elle foutient qu'elle la fçait par cœur, & que Lucas, fon pere nourricier, eft auffi fage que *Socrate :* il n'y a donc que la Poëfie qui l'amufe quelquefois.... encore vous dit-elle bonnement qu'elle aime mieux entendre parler les animaux de la Fontaine que les Héros de Virgile & d'Homere ; en un mot, elle eft à dix-huit ans auffi enfant qu'on l'eft à douze : il faut efpérer que le mariage la formera.

CELICOUR, *furpris.*

Le mariage !...

FINTAC, *fouriant.*

Oui, un bon mari ; eft-ce que tu ne m'approuve pas ?

CELICOUR, *embarraffé.*

Je fuis de votre avis, fi fur-tout.... celui.... que vous choififfez eft fait pour lui plaire.

FINTAC, *riant.*

Oui, oui.... ah ! je choifis bien.... d'abord c'eft un homme pour qui j'ai beaucoup d'amitié.

CELICOUR, *vivement.*

On ne peut mieux penfer....

FINTAC.

Plus riche en mérite qu'en efpéces....

CELICOUR, *vivement.*

Qu'importe la fortune, quand le cœur est bien placé. (*A part.*) Le digne caractère!....

FINTAC.

Je suis ravi que nous pensions de même, & j'attendois ton arrivée pour arranger avec toi,....

SCENE V.

M. DE FINTAC, CELICOUR, CLEMENT.

CLEMENT, *avec bonhommie.*

Monsieur....

CELICOUR, *à part.*

Si c'étoit pour épouser sa niece!....

CLEMENT.

Ce grand homme!...

FINTAC.

Eh bien!

CLEMENT.

Il est là.

FINTAC.

Quel homme? Tu ne sçais jamais parler intelligiblement....

CLEMENT.

Eh! ce Monsieur qui est d'autrefois.

FINTAC.

Comment!

CLEMENT, *avec bonhommie.*

Oui.... qui a la figure antique, qui est habillé à l'antique, & qui ne parle que d'antiques.

FINTAC.

Ah! Monsieur de l'Exergue?

CLEMENT.

Oui, l'Exergue....

FINTAC.

Fais entrer.... C'est un homme de mérite
qui....

SCENE VI.

FINTAC, CELICOUR, L'EXERGUE,
habillé singulierement.

L'EXERGUE, *d'un ton pédant.*

Le très-respectueux l'Exergue.... à son ami
Fintac.... salut.

FINTAC *à Celicour.*

Façon de parler Ciceronienne.

L'EXERGUE, *d'un ton pédant.*

Les anciens avoient sur nous de grands avan-
tages, & sur-tout dans le talent de la parole; que
nous serions heureux de leur ressembler!.... O
divine antiquité! Ciel barbare, que ne m'as-tu
fait naître deux mille ans plutôt!

B ij

FINTAC.

Permettez que je vous présente le fils d'un de mes intimes amis.

CELICOUR.

Je serai bien charmé....

L'EXERGUE, *l'interrompant d'un ton fat.*

Quel est le genre de connoissances de Monsieur? Est-ce l'Histoire? le champ est beau, la carriere est vaste, on peut y moissonner des lauriers....

FINTAC.

Non....

L'EXERGUE.

C'est peut-être l'Astronomie ou l'Astrologie... Vous pouvez distinguer.

FINTAC.

Eh non, vous dis-je.... il est Poëte.

CELICOUR, *modestement.*

J'ose faire quelques vers.

L'EXERGUE.

Latins sans doute?... beau genre!... Imitez Virgile, Horace.

CELICOUR.

Monsieur....

L'EXERGUE.

Grecs apparemment?... Tant mieux : Homere est le Prince de la Poësie.

CELICOUR.

Ni Latins, ni Grecs; François tout simplement.

L'EXERGUE.

François!.... Est-ce ainsi que vous arriverez à l'immortalité? prenez un vol plus haut : ne vous aviliffez pas.

FINTAC.

Mais, M. de l'Exergue, on peut s'illuftrer... Nous avons des Poëtes modernes....

L'EXERGUE, *avec emphafe.*

Des Poëtes modernes! *o fcelus!* des Rimailleurs modernes!...

CELICOUR.

(*A part.*) Quel original!... (*Haut.*) Corneille, Racine, Voltaire?...

L'EXERGUE, *avec emphafe.*

Tout ce qu'ils ont de beau, les anciens leur ont fourni, c'eft dans les anciens qu'ils ont puifé les matieres de leurs Tragédies; fans les anciens ils n'auroient pas d'imagination.... O divine antiquité! Ciel barbare, que ne m'as-tu fait naître deux mille ans plutôt!

CELICOUR, *riant.*

Vous êtes bien rigoureux.

FINTAC, *fâché.*

Oui; c'eft trop méprifer....

L'EXERGUE.

(*Vivement.*) Et c'est avec raison…. (*D'un ton patelin.*) Au reste, ce que j'en dis n'est pas pour vous contester, M. de Fintac….

FINTAC, *se rengorgeant.*

Je m'en doute bien, M. de l'Exergue….

L'EXERGUE, *d'un ton flatteur & patelin.*

Je m'en rapporte absolument à vous, & je fçais, M. de Fintac….

FINTAC, *riant avec complaisance.*

Que j'ai quelques connoissances là-dessus, M. de l'Exergue.

L'EXERGUE, *d'un ton patelin.*

Je suis toujours de votre avis, M. de Fintac.

FINTAC.

Cela est vrai ; je suis toujours aussi du vôtre, M. de l'Exergue.

L'EXERGUE, *d'un ton doux.*

Et j'ai le plus profond respect pour vos décisions ; (*très-vivement.*) mais je soutiens à Monsieur….

FINTAC.

Je vous entends.

L'EXERGUE.

Que les anciens….

FINTAC.

Sans doute….

L'EXERGUE.

Avoient l'avantage de l'imagination.

FINTAC.

Et c'est mon avis, & si vous m'eussiez entendu, vous auriez vu que je pense que les anciens ont le coloris.... Les modernes ont copié.... & puis.... vous sçavez.... Ce que vous dites est à ravir.... Clément, Clément....

CELICOUR, *à part.*

Le bonhomme que M. de Fintac! Lisette avoit bien raison....

SCÈNE VII.

Les Acteurs précédens & CLEMENT.

FINTAC.

Menez M. de l'Exergue voir ce voile du Palladium.

L'EXERGUE, *l'embrassant.*

Un voile du Palladium!... Ô heureux, trois & quatre fois heureux Fintac, si vous possédez un si riche trésor!... mais j'en doute beaucoup; car un Auteur respectable assure qu'il a été consumé dans l'incendie de Troye.... Un voile du Palladium!... Je brûle d'examiner ce monument respectable. *(Il sort.)*

CLEMENT, *niaisement & à l'oreille.*

Monsieur..... qu'est-ce que c'est que ce *Parradion ?*

FINTAC.

Ce voile précieux qu'on m'a apporté dans une cassette ce matin.

CLEMENT.

Comment ce chiffon tout recousu , tout déchiré, dont on ne peut deviner la couleur?

FINTAC, *avec joie.*

Marque d'antiquité!... c'est cela.

CLEMENT, *riant.*

Allons donc, Monsieur, il se mocquera de moi , si je lui fais voir cette guenille-là.... Vous voulez rire....

FINTAC.

Non, te dis-je; vas, ignorant, tu verras quelle sera sa joie....　　　　　(*Clément sort.*)

SCENE VIII.

FINTAC, CELICOUR.

FINTAC.

Nous avons été interrompus dans le moment intéressant de notre conversation ; d'après les informations que j'ai faites sur ton caractère,

Je crois pouvoir compter fur ta difcrétion ; reprenons donc.

CELICOUR, *vivement.*

Oui, nous en étions au mariage de Mademoifelle votre niece....

FINTAC, *fouriant.*

Eh bien, devines-tu à qui je la veux marier ?

CELICOUR, *embarraffé.*

Je n'ofe.

FINTAC, *fouriant.*

Ofe toujours....

CELICOUR, *avec embarras.*

Vous m'avez dit.... à un de vos amis.

FINTAC.

Oui.

CELICOUR, *embarraffé.*

Peu riche ? ...

FINTAC.

Il eft vrai.

CELICOUR, *embarraffé.*

Jeune ? ....

FINTAC.

Oh oh! ... affez : de cinquante à foixante.

CELICOUR, *furpris.*

De.... de.... cinquante à foixante.... Ciel !

FINTAC.

Quoi ! ... c'eft le bon âge! ... Et d'ailleurs, à voir M. de l'Exergue, on ne s'en douteroit pas.

CELICOUR, *confondu.*

M. de l'Exergue !....

FINTAC.

C'eſt un homme très-ſçavant... Tu as vu comme il ſçait diſtinguer les gens... (*Se rengorgeant.*) Il connoît le mérite.... & puis un homme auſſi ſérieux, auſſi appliqué que M. de l'Exergue, a beſoin de quelque choſe qui le diſſipe ; il s'eſt pris d'inclination pour cet enfant, & dans huit jours il doit l'épouſer.

CELICOUR, *anéanti.*

Dans huit jours....

FINTAC.

Oui..... mais motus ; il exige le plus grand ſecret, pàrce qu'il a lu qu'un certain grand Philoſophe.... Je ne me ſouviens plus du nom.... mais très-ancien, s'étoit marié *incognito* ; ma niece elle-même n'en ſçait rien, il doit l'en inſtruire ce ſoir ; pour toi, il faut bien que tu ſois initié au myſtère d'une union que tu dois chanter.... O Hymen, ô Hymenée !.... Tu m'entends ; c'eſt une Epithalame que je te demande, & voici le moment de te ſignaler, & de convaincre M. de l'Exergue.

CELICOUR, *ſurpris.*

Moi, Monſieur !....

FINTAC.

Point de modestie, elle étouffe tous les talens.

CELICOUR.

De grace, dispensez-moi....

FINTAC, *souriant.*

Tu l'exécuteras; c'est un morceau de ton genre,
qui doit te faire beaucoup d'honneur. Ma niece
est jeune, assez jolie, & avec de l'imagination &
de l'ame, on ne tarit point sur un sujet pareil....

CELICOUR, *soupirant.*

Hélas !....

FINTAC.

A l'égard de l'époux, je te l'ai dit, c'est un
homme rare ; personne ne se connoît mieux que
lui en antiques, il a un cabinet de médailles
estimé quarante mille écus : il devoit même aller
voir les ruines d'Herculanum, & peu s'en est
fallu qu'il n'ait fait le voyage de Palmyre. Tu
vois combien de tableaux tout cela présente à la
Poésie !....

CELICOUR, *à part la main sur les yeux.*

Que je suis malheureux !

FINTAC, *riant.*

Mais comment ! tu y penses déja ? je vois sur
ton visage cette méditation profonde qui couvre
les germes du génie & les dispose à la fécondité....
Allons, mets à profit des instans si précieux. Je

vais aussi m'enfoncer dans l'étude.... Tout prend
souvent une tournure heureuse.... De la gaîté,
mon ami ; ce que je te puis dire pour le moment, c'est que tu ne te repentiras pas de ton
voyage, (*d'un ton de confidence*) & je te promets pour tantôt une nouvelle.... qui j'espere,
te comblera de joie.... Adieu, mon ami, mon
cher ami.   (*Il sort.*)

SCENE IX.

CELICOUR.

QUE veut-il dire?... Quelle nouvelle!... Que
m'importe!... Il va la marier!... Je ne m'attendois pas à ce coup de foudre!... Je la perdrois,
moi qui viens avec empressement à Paris, qui
m'expose à périr d'ennui dans cette maison, pour
sçavoir si c'est à tort que je me suis flatté de lui
plaire.... Je la perdrois!.... Son abord a été
froid, réservé.... Mais j'ai cru lire dans ses
yeux que le cœur étoit toujours le même. Nos
fortunes!... L'amour doit tout égaler... Fintac,
l'Exergue, ce mariage.... Je m'y perds.... En-
gageons Clément & Lisette à me servir.

                              (*Il sort.*)

Fin du premier Acte.

ACTE SECOND.

SCENE PREMIERE.

CLEMENT *seul réfléchissant.*

COMMENT diable arranger.... l'honneur &
l'intérêt !.... rarement cela s'accorde.... Monfieur Celicour eft amoureux de Mademoifelle
Agathe.... Il n'y a pas de mal à çà.... Il veut
que je fçache de Lifette s'il eft aimé; il n'y a
pas de mal à ça : il craint que M. de Fintac
n'en foit informé.... Oh! il y a du mal à çà.
J'ai reçu vingt louis de Monfieur Celicour....
(*Souriant.*) il n'y a pas de mal à çà.... Mais il
ne m'a donné les vingt louis que pour m'engager au fecret.... Il y a, je crois, du mal à ça.
(Il rêve.)

SCENE II.

LISETTE, CLEMENT.

LISETTE.

AH ah!…. Eh! qu'est-ce que tu fais-là?

CLEMENT.

Ma femme, laisse-moi…. deux ennemis m'attaquent avec fureur.

LISETTE, *regardant de tous côtés.*

Où donc?

CLEMENT, *montrant son cœur.*

Là…. l'un dit fais cela…. l'autre, ne fais pas cela…. Oui…. non…. Lequel des deux? conseille-moi.

LISETTE, *riant.*

Bonne demande!… Sçais-je de quoi il s'agit?…

CLEMENT.

De gagner…. ou de ne pas gagner vingt louis.

LISETTE, *souriant.*

Il n'y a pas à balancer….

CLEMENT.

Mais trahir son Maître!…

LISETTE.

Expliques-toi?

CLEMENT.

M. Celicour... Tu connois bien M. Celicour ?

LISETTE, *vivement.*

Eh oui.... c'eſt un joli Cavalier, plein de graces....

CLEMENT.

Diable !... tu as bien vu cela du premier coup d'œil.... Or donc, ce M. Celicour m'a ſollicité pour que je te ſollicitaſſe.... afin que tu vouluſſes bien ſolliciter.... M'entens-tu ?

LISETTE, *ſouriant.*

Pas trop....

CLEMENT.

Attends donc.... Tiens, il aime notre Maî-treſſe, il veut en être aimé.... en tout bien, tout honneur ; c'eſt le fait : voici vingt louis qu'il nous donne pour nous engager à le ſervir.... Ce ſont les moyens.... Eſt-ce clair ?...

LISETTE.

Qui te faiſoit héſiter ?...

CLEMENT.

Les principes de Philoſophie ; car je crois avoir entendu dire à mon très-honoré Maître que jamais les Philoſophes....

LISETTE.

Tu m'ennuyes....

CLEMENT.

Oh! tu es comme çà, toi ; je fçais bien que la Philofophie, la Philofophie.... Tu prétends cependant fçavoir la Philofophie ?

LISETTE.

Sans doute....

CLEMENT.

Tu ne te fouviendrois pas fi dans les Auteurs on ne voit point d'exemples ?....

LISETTE, *fouriant.*

Eh! que ne parles-tu Ciceron , dans fon Livre du mariage... Oh! je vais te citer le paffage grec.

CLEMENT.

C'eft inutile : dès que Ciceron l'a dit.... cela fuffit. Tu en es bien fûre ?

LISETTE.

Très-fûre.... J'entends Agathe , je vais lui parler.

CLEMENT.

Ciceron a dit cela.... (*A part.*) C'eft appa-remment un fçavant homme que ce Ciceron, & fi je fçavois où il demeure.... Mon Maître en fait cas.... Parbleu! je fuis bien aife que Cice-ron ait penfé comme moi.

LISETTE *au Public.*

Voilà comme il nous faut des maris !...

SCENE

SCENE III.

AGATHE *rêvant*, LISETTE.

LISETTE.

ELLE rêve!... bon!... Entrée de conversation.... Toujours plongée dans quelques profondes idées, Mademoiselle, vous rêvez?

AGATHE, *vivement*.

Moi!... non.... A quoi voudrois-tu?...

LISETTE, *malignement*.

Que sçais-je?.... Il y a plusieurs objets qui méritent attention ; l'Astronomie, par exemple.

AGATHE, *sérieuse*.

Tu veux badiner?....

LISETTE, *malignement*.

Eh bien ! les Mathématiques....

AGATHE, *sérieusement*.

Lisette....

LISETTE.

Le mariage, peut-être....Vous souriez?...

AGATHE.

De la folie de ton idée.

LISETTE.

Pas si folle, convenez-en... Celicour....

C

AGATHE.

Toujours Celicour !...

LISETTE.

Eſt aimable.

AGATHE.

Oui.

LISETTE.

Galant....

AGATHE.

Après !...

LISETTE.

Senſible....

AGATHE.

Cela peut être.

LISETTE.

Cela eſt.

AGATHE, *vivement.*

Sur quel fondement?...

LISETTE.

Sur une converſation.

AGATHE, *vivement.*

De quoi parloit-il ?

LISETTE.

De vous.....

AGATHE.

Qu'a-t-il dit ?

LISETTE.

Qu'il vous adoroit, qu'il feroit ſon bonheur
de paſſer ſes jours avec vous, &....

AGATHE, *riant.*

Ha ha ha. (*A part.*) Dissimulons.

LISETTE.

Qu'y a-t-il donc de risible?...

AGATHE *riant.*

Tu es la dupe de cela? c'est le propos de tous les jeunes gens, c'est le langage reçu; *adorer*, *passer sa vie*.... Ha ha (*Elle rit.*) Que ne me demande-t-il en mariage à mon oncle!

LISETTE, *étonnée.*

Il veut sçavoir s'il vous convient.

AGATHE *riant.*

Autre folie.... Qu'il arrive bien de Province! Ici les parens seuls sont consultés; approuvent-ils, tout est dit.

LISETTE, *avec humeur.*

Allons, vous raillez toujours....

AGATHE, *riant.*

Ne veux-tu pas que je traite cela comme une affaire d'Etat?

LISETTE.

Puisque le cœur ne vous dit rien pour ce pauvre Celicour, je vais (*soupirant & regardant malicieusement Agathe*) je vais lui porter cette mauvaise nouvelle.

AGATHE, *avec une espèce de petit dépit.*

Vous êtes bien pressée d'apprendre des choses

défagréables.... Qu'allez-vous lui dire?...

LISETTE, *affectant un air trifte & l'examinant.*

Que vous vous fouciez fort peu de lui, &....

AGATHE, *avec humeur & vivacité.*

Mais voilà, par exemple, qui n'a pas le fens commun; vous ai-je parlé de cela?

LISETTE, *fouriant finement.*

Ah ah!... vous ne riez plus; allons, convenez du fait: Celicour ne vous eft pas indifférent. (*Agathe jette un coup d'œil de colere.*) Pardonnez, je m'explique mal; (*malignement*) je veux dire, que vous ne déteftez pas Celicour.

AGATHE, *un peu troublée.*

Non, fûrement.

LISETTE, *malignement.*

Que vous le préférez à tous les Savans?

AGATHE, *fouriant.*

Oh! fans peine.

LISETTE.

(*A part.*) Le vifage fe déride. (*Haut.*) Et que fi votre oncle confentoit à votre union.... vous.... l'épouferiez volontiers?

AGATHE, *fouriant.*

Oui.

LISETTE, *riant.*

Ah! que nous avons eu de peines à vous tirer ce *oui!* Vous vouliez cependant me cacher votre fenfibilité, à moi!

AGATHE, *souriant.*

Tu triomphes. Eh bien, Celicour a sçu me plaire; mais nos fortunes font fi différentes, que fans doute mon oncle refuferoit fon confentement; il faut la plus grande prudence; il faut que Celicour ignore qu'il a touché mon ame; cela eft abfolument néceffaire.

LISETTE.

Le voici.... Qu'a-t-il donc?.... Il paroît bien agité.... Il ne nous voit pas....

SCENE IV.

AGATHE, CELICOUR, LISETTE.

CELICOUR, *fans les voir.*

CLEMENT ne revient pas! mon impatience eft extrême.... & je vais....

AGATHE, *fouriant.*

Fort vîte, il faut en convenir.

CELICOUR.

Ah! Mademoifelle, je ne puis plus garder le filence. Je fens que je m'expofe à la haine de M. de Fintac; mais il faut que je parle.... Vous voyez un homme.... au défefpoir.

LISETTE.

Au défefpoir!

AGATHE.

Qu'avez-vous donc?

CELICOUR.

Je suis perdu.... Vous allez épouser M. de l'Exergue, & si vous y consentez....

LISETTE.

Epouser M. de l'Exergue!... Juste Ciel!...

AGATHE.

Qui vous a fait ce conte-là?

CELICOUR.

Qui?... votre oncle lui-même.

AGATHE *souriant.*

Tout de bon!

CELICOUR, *impatienté.*

Il m'a chargé de composer votre Epithalame.

AGATHE *souriant.*

Eh bien! cela sera-t-il beau?

CELICOUR.

Vous riez, cruelle!... Vous trouvez donc plaisant d'avoir pour époux M. de l'Exergue?

AGATHE, *riant.*

Oh! très-plaisant.

LISETTE, *à part.*

Comme elle est espiégle! il n'y a prudence qui tienne : je ne pourrois jamais désespérer ainsi un amant. (*Elle recule & va prendre un livre, elle le rejette, elle en prend un autre, &c.*)

CELICOUR.

Que je suis malheureux!... moi qui vous
adore.... qui me flattois.... J'ai eu tort, Mademoiselle, j'ai eu tort.... (*En soupirant.*) Chere
erreur!

AGATHE *souriant*.

Avouez que ces momens de trouble sont com-
modes pour une déclaration : comme celui qui
la fait ne se possede pas, celle qui l'entend n'ose
pas se plaindre.... & à la faveur de ce désordre,
l'amour croit pouvoir tout risquer.... Mais mo-
dérez-vous, & voyons ce qui vous désespere.

CELICOUR.

Votre tranquillité, cruelle que vous êtes!

AGATHE *souriant*.

Vous voulez que je m'afflige d'un malheur
que je ne crains pas?

CELICOUR.

Je vous dis qu'il est décidé que vous épousez
M. de l'Exergue.

AGATHE, *riant*.

Comment voulez-vous qu'on décide sans moi
ce qui sans moi ne peut s'exécuter?

CELICOUR.

Mais si votre oncle a donné sa parole?

AGATHE, *riant*.

Eh bien, il la retirera.....

C iv

CELICOUR, *avec joie.*

Comment! vous en auriez le courage?

AGATHE, *riant.*

Le courage de ne pas dire *oui :* le bel effort de réfolution !

CELICOUR, *vivement.*

Ah! je fuis au comble de la joie !

AGATHE, *riant.*

Mais votre joie eft une folie auffi bien que votre douleur.

CELICOUR.

Vous ne ferez point à M. de l'Exergue....

AGATHE.

Après!...

CELICOUR, *embarraffé.*

J'efpere.... je me flatte.... (*Vivement à Aga-the, qui fourit.*) Oui, vous ferez à moi.

AGATHE.

Sans doute; & toute fille qui ne fera pas la femme de M. de l'Exergue fera la vôtre..... cela eft clair.

CELICOUR.

Ah! laiffez-moi me flatter.... que ma per-févérance, mon amour.... mon refpect pourront vous rendre fenfible ; je ferai fi attentif envers votre oncle.... fi foumis envers vous.... que vous ne pourrez.... Agathe, pardonnez à mon

trouble.... pardonnez à ma joie..... Vos yeux
me....

LISETTE, *accourant.*

Mademoiselle, c'eſt votre oncle....

SCENE V.

FINTAC, CELICOUR, AGATHE, LISETTE.

FINTAC, *s'arrêtant.*

Vous parliez bien vivement !... quelle étoit
la matiere ?...

CELICOUR, *embarraſſé.*

Nous.... nous cauſions....

FINTAC.

Et de quoi parliez-vous ?... Tu es troublé ?

CELICOUR, *embarraſſé & voulant rire.*

C'eſt.... c'eſt tout naturel.... & quand vous
ſçaurez.... que nous ne voulions pas.... que
vous ſçuſſiez encore....

FINTAC, *riant.*

Je comprends.... Vous vouliez me ſurpren-
dre.... J'ai été indiſcret....

CELICOUR, *voulant rire.*

Oui, préciſément.... c'étoit une eſpece de
Scène.... un Dialogue.

FINTAC.

En vers, en profe?... Contez-moi un peu...

AGATHE, *bas.*

A quoi m'expofez-vous?

CELICOUR, *bas.*

Ne craignez rien.

FINTAC.

Je vous dis que je ferai comme fi je ne le fçavois pas.... Où en étiez-vous?

CELICOUR, *regardant Agathe.*

Moi feul j'avois parlé.... Agathe n'avoit pas daigné répondre....

FINTAC.

C'eft mal.... Ma niece, il ne faut pas faire l'enfant.... (*Bas à Celicour.*) Je te l'avois dit. (*Haut.*) Sçachons le fujet du Dialogue.

CELICOUR, *embarraffé.*

Le fujet.... Nous parlions de.... de.....

LISETTE, *vivement & tenant un livre où elle*
lifoit.

De la métempficofe.

FINTAC.

De la métempficofe!... Syftême abftrait, fyf- tême de Pythagore.... Ah! ah! je ne fçavois pas que ma niece connût la métempficofe... Eh bien!

CELICOUR *met Fintac au milieu.*

Que vais-je dire?... (*Haut.*) Dans les divers

souhaits qu'on peut faire, je désirois après ma mort passer dans une rose... semblable à celle-là, (*regardant celle qui est sur le sein d'Agathe.*)

FINTAC.

Image poëtique !

CELICOUR.

Oui poëtique.... Je disois que si quelque main profane s'avançoit pour me cueillir.... je me cacherois parmi les épines.... mais que si une Nymphe charmante daignoit jetter les yeux sur moi, je me pencherois vers elle.... j'épanouïrois mon sein, je les mêlerois avec son haleine ; le désir de lui plaire animeroit mes couleurs,

FINTAC, *content.*

Comment diable !... Mais voilà un tableau digne de *Van-huisum*... A toi, ma niece, voyons comment tu t'en tireras,

AGATHE, *avec finesse & ame.*

Eh bien, vous feriez tant que vous seriez cueillie, & l'instant d'après vous n'existeriez plus,

CELICOUR, *très-vivement.*

Eh ! comptez-vous pour rien le bonheur d'avoir existé un instant !

FINTAC, *applaudissant.*

Très-joli, très-joli ! vous continuerez dans un autre moment ; il faudra mettre ce dialogue en vers.... A propos de vers, Celicour, j'ai à te parler.... Laiſſez-nous, ma niece.

AGATHE, *malignement.*

Vous allez travailler à l'Epithalame ? Qu'il ſoit beau. Je reviendrai peut être. (*Elle lui dit cela pendant qu'il la reconduit.*)

LISETTE, *la ſuivante.*

Prenez courage , tout réuſſira.

SCENE VI.

FINTAC, CELICOUR.

FINTAC.

D'ABORD parlons de notre Epithalame.

CELICOUR.

(*A part.*) Me voilà encore pris ; comment m'en tirer ? (*Haut.*) Il n'eſt pas fait.

FINTAC.

Quoi !... rien ?... Pas même le plan ?...

CELICOUR.

Je l'ai dans la tête.... & je....

FINTAC.

Sçachons ce plan.... J'ai des raiſons.... Tu as ſans doute aſſez de confiance en mes lumieres....

CELICOUR.

Aſſurément.... (*A part.*) Que faire ?....

FINTAC.

Point de timidité : j'ai, je te le dis, des rai-
sons essentielles.

CELICOUR.

J'ai pris l'allégorie.... du Temps qui épouse la
Vérité.

FINTAC.

L'idée est belle.... mais elle est triste, & le
temps est bien vieux.

CELICOUR.

M. de l'Exergue est un Antiquaire.

FINTAC.

Oui.... mais on n'aime pas à s'entendre dire
qu'on est vieux comme le temps.

CELICOUR, *souriant.*

Aimeriez-vous mieux les noces de Venus &
de Vulcain?

FINTAC.

Vulcain?... à cause des bronzes, des médailles.... Non, l'avanture de Mars est affligeante à
rappeller ; il faut trouver une idée plus riante ; tu
y rêveras à loisir.... tu auras du temps.

CELICOUR, *surpris.*

Quoi!

FINTAC.

Il arrive des événemens.....Laissons tout cela ;
il s'agit d'une bien plus grande affaire... O mon
cher Celicour!... c'est ici le moment où je vais

prouver la tendre amitié qui m'unissoit à ton pere ; je veux te faire un présent précieux.

CELICOUR.

A moi, Monsieur ?

FINTAC.

Oui, mon ami, à toi.

CELICOUR.

Par où ai-je mérité ?

FINTAC.

Tu m'as plu dès le premier abord, ton esprit a confirmé mes conjectures toujours justes ; j'ai voulu t'éprouver avant de te rendre possesseur de mon trésor.... Je suis content, & personne de ceux qui viennent ici....

CELICOUR, *vivement.*

M. de l'Exergue.

FINTAC.

J'avois eu quelques idées en sa faveur.... mais je suis mécontent de lui ; il m'a soutenu que mon voile du Palladium étoit supposé.... Il veut tout sçavoir.... cela te convient mieux ; tu es jeune, & je serai ravi de faire ton bonheur.

CELICOUR, *impétueusement.*

Comment !... Monsieur, mon ami, expliquez-vous.

FINTAC, *l'embrassant.*

Oui.... c'est mon enfant, mon unique enfant que je vais te donner.

CELICOUR.

Ciel! je posséderois!... (*A part.*) C'est sa niece: que je suis heureux!

FINTAC, *souriant.*

Tu devînes donc?... Mon ami, je te sçais bon gré de cette ardeur.... Je vais te la chercher, la mettre en tes mains, te confier un dépôt plus cher que la vie.

CELICOUR, *impatient.*

Sans doute.

FINTAC, *revenant tout attendri.*

Ayez pour elle des sentimens d'iudulgence ; mais non, suis ton cœur, il te guidera bien....

CELICOUR, *le poussant pour le faire sortir.*

Ah! mon pere !....

(*Fintac sort.*)

SCENE VII.

CELICOUR.

IL vouloit m'éprouver! Me serois-je jamais douté que je touchois de si près à mon bonheur!... Il vouloit m'éprouver!... Agathe, chere Agathe... Je vais vous posséder.... Vous serez à moi, vous serez à moi.

SCENE VIII.

CELICOUR, FINTAC.

FINTAC, *miftérieufement.*

Voici ce gage précieux.

CELICOUR, *empreffé.*

Où donc eft-elle?...

FINTAC, *miftérieufement.*

Dans ma poche.

CELICOUR, *anéanti.*

Dans.... votre poche!...

FINTAC.

Oui. Je l'ai apportée ainfi pour qu'on ne la voye pas.... parce que les valets.... Il faut du fecret....

CELICOUR, *ftupéfait.*

Je n'y conçois rien. Vous avez apporté dans votre poche....

FINTAC.

Eh oui : elle n'eft pas bien groffe, & la voici.

CELICOUR, *impétueufement.*

Quoi!

FINTAC.

Ma Piece, ma Comédie.... (*Il tire un rouleau de papier.*)

CELICOUR.

CÉLICOUR.

Votre Comédie!... (*A part.*) Où suis-je?...

FINTAC.

Eh bien! cette Comédie.... je te la donne,
on la jouera sous ton nom.... tu en auras la
gloire, & ta réputation sera portée jusqu'aux
Cieux.

CÉLICOUR.

Pourquoi la donner sous mon nom, & non
pas sous le vôtre?.... (*A part.*) Que je m'étois
abusé!

FINTAC.

(*Célicour est distrait.*)

L'amitié que je portois à ton pere m'engage à
te céder l'honneur du triomphe.... Qu'importe
mon nom ou le tien; quel est l'objet du vrai
Connoisseur? d'encourager les talens, en même
temps qu'il les éclaire.... Que l'idée d'un bas-
relief, que l'ordonnance d'un tableau, que les
beautés de détail ou d'ensemble de cette Piece
de Théâtre soient de moi ou d'un autre, cela
est égal pour le progrès de l'Art. Ma Piece
donc....)

CÉLICOUR, *revenant à lui.*

Moi.... Monsieur, tromper le Public!....

FINTAC.

Il lui est indifférent que cette Piece soit de toi

ou de moi : ce menfonge officieux ne peut nuire
à perfonne. Ma Comédie.... c'eft mon bien ; je te
le donne ; la poftérité la plus réculée n'en fçaura
rien. Voilà donc ta délicateffe ménagée de tou-
tes façons.

CELICOUR.

Mais les Comédiens ?....

FINTAC.

C'eft où je t'attends.... Comme j'étois bien
fûr du plaifir que te feroit cette nouvelle, & de
ton confentement, j'ai voulu te furprendre agréa-
blement.... C'eft fous ton nom que j'ai fait pré-
fenter la Piece, c'eft fous ton nom qu'elle a été
reçue, & ce fera fous ton nom qu'on la joüera
ce foir. (*riant.*)

CELICOUR, confondu.

Comment ce foir !... Jamais, jamais.... ne
comptez pas fur moi....

FINTAC.

J'aime cette modeftie.... Lis-la.... lis-la....
après, je te laifferai toute la liberté.... (*D'un
ton de confiance.*) Mais lis-la ; tu viendras dans
mon cabinet me dire ton fentiment.   (*Il fort.*)

SCENE IX.

CELICOUR.

COMME j'avois pris le change !... Que je suis malheureux !.... (*Il rêve.*) Si je partois !.... Abandonner Agathe !... Amour, Amour !... Lifons cette Piéce. (*Il s'affied.*) Comment, cinq changemens de décoration dans une Comédie en un Acte ! Quel ftyle !... Mauvaife plaifanterie.... Oh ! cela eft déteftable.... & vouloir que je me charge.... Non, non. Continuons.... Situation ufée ; Scène copiée mot pour mot... Quel dénouement ! Ah ! je n'en veux pas lire davantage. M. de Fintac peut aller chercher des prête-noms, & reprendre fa Piéce.... (*Il la jette.*)

SCENE X.

AGATHE, CELICOUR.

AGATHE.

QU'AVEZ-VOUS ? quel Ouvrage maltraitez-vous ainfi ?.... Eft-ce le vôtre ?

CELICOUR, *vivement.*

Le mien ! non vraiment, non vraiment.

Dij

AGATHE.

Eh bien, de qui ?

CELICOUR, *embarraſſé.*

Je ne puis..... vous le dire.

AGATHE, *s'en allant.*

Gardez vos ſecrets, Monſieur.

CELICOUR, *l'arrêtant.*

Ah ! reſtez, belle Agathe ; je ne puis rien vous cacher...... C'eſt une Comédie de votre oncle....

AGATHE.

Eh bien.

CELICOUR.

Eh bien..... elle eſt....

AGATHE.

Mauvaiſe.... je m'en doute.

CELICOUR.

Il veut que je me donne pour en être l'Auteur.

AGATHE.

Que dites-vous ?

CELICOUR.

Qu'il veut qu'elle paſſe pour être de moi, & que ce ſoir....

AGATHE, *vivement.*

Ah ! Celicour, louons le Ciel de cette aventure.... Avez-vous accepté ?

CELICOUR.

Non, pas encore..... mais je crains d'être forcé.

AGATHE, *vivement.*

Tant mieux.

CELICOUR, *avec impatience.*

Je vous dis qu'elle est détestable....

AGATHE.

Tant mieux encore.

CELICOUR.

Elle tombera.

AGATHE, *riant.*

Tant mieux, tant mieux, tant mieux.... Il faut souscrire à tout.

CELICOUR.

Expliquez-vous, de grâce expliquez-vous.

AGATHE.

Celicour.... je parle sérieusement.... Si vous desirez me plaire, allez sur le champ trouver mon oncle ; faites les plus grands éloges ; acceptez ses offres, il le faut.... & volez où l'honneur vous appelle. (*Souriant.*) Adieu, heureux Auteur ; bien du succès.   (*Elle sort.*)

CELICOUR.

Mademoiselle !.... Mademoiselle !... Je n'y conçois rien ; l'oncle, la niece !... Mais accep-

ter.... accepter de se voir hué.... sifflé.....
Agathe.... je vous sacrifierois ma vie ; je puis
bien vous sacrifier un mouvement d'amour-
propre.... Allons. (*Il reprend la Piece & sort.*)

Fin du second Acte.

ACTE TROISIEME.

SCENE PREMIERE.
AGATHE, LISETTE.

ON ne revient pas.... La Piece auroit-elle eu du succès !... Ah ! Celicour !

LISETTE, *avec impatience.*

Je ne vous conçois pas.... vous voudriez que sa piece tombât ?

AGATHE, *souriant.*

Oui, Lisette....

LISETTE.

Il en mourroit de chagrin !

AGATHE, *souriant.*

Non, Lisette.... & je te réponds que si cette Comédie tombe....

LISETTE.

Et je vous réponds, moi, que voici une visite qui va prodigieusement vous amuser, c'est le charmant M. de l'Exergue.

AGATHE.

Il choisit mal son moment, & je vais le congédier.

LISETTE.

Cela n'est pas si facile.

SCENE II.

AGATHE, M. DE L'EXERGUE, LISETTE.

L'EXERGUE.

BON jour, charmante Déeſſe…. à votre air noble, l'on peut dire avec le Poëte Latin : *& vera inceſſu patuit Dea.*

LISETTE.

Qu'eſt-ce qu'il veut nous conter avec ſon Poëte Latin ?….

AGATHE.

Monſieur n'a donc pas été à la Piece nouvelle ?

L'EXERGUE.

Non, beauté digne de Rome ; je mépriſe ces productions modernes, ces chétives compilations de notre ſiecle. (*D'un ton fat.*) Et d'ailleurs, à vous parler vrai, il eſt impoſſible qu'elle ſoit bonne.

AGATHE.

Pourquoi ?

L'EXERGUE.

L'Auteur a tantôt avoué qu'il ne ſçavoit faire ni vers Latins, ni vers Grecs…. jugez !… Mais parlons d'objets plus riants…. c'eſt du jour heureux qui unira la tendre Agathe au ſenſible & amoureux l'Exergue.

AGATHE.

Je ne vous entends pas.

L'EXERGUE.

Je parle de notre future conjonction ; j'ai juſ-
qu'ici....

AGATHE.

Liſette, la bonne idée.... Ha ha ha.... (*Elle
rit à éclats*)

LISETTE, *rit.*

Ha ha.... Tenez, M. de l'Exergue, je ſçais
que vous aimez ma Maîtreſſe de profil.... mais
je vous déclare qu'elle veut un mari qui l'aime en
face, & tout franchement vous n'êtes pas ſon
fait.

L'EXERGUE.

(*A Liſette.*) Qui vous interroge, oiſeau de
mauvais augure !... (*A Agathe.*) Juconde Agathe, que vos dents *ivoirines*, que vos cheveux
éburnés, que votre taille *Grecque*, que votre front
Romain, que votre bouche *Carthaginoiſe*, ont
vaincu mon cœur juſques ici *inexpugnable*. (*S'at-
tendriſſant.*) Ah! ah! ah! vous réuniſſez à mes
yeux autant de charmes que les ſtatues de *Phidias*,
que les *Venus* de *Médicis*.

AGATHE, *riant.*

Je vous ſouhaite des *Venus antiques* : qui vous
empêche d'en épouſer une? c'eſt un morceau ſi
ragoutant qu'une vieille Venus! cela feroit un

ſi joli ménage !… Quant à moi, je me rends juſtice, je ſuis trop moderne, je ſuis indigne de l'honneur que vous me faites, je ne *contracterai point mariage* avec vous; je ſuis votre ſervante…. (*Une révérence.*) J'ai dit….

L'EXERGUE.

Grands Dieux !

LISETTE.

Voici Clément bien en colere.

SCENE III.

AGATHE, L'EXERGUE, LISETTE, CLEMENT.

CLEMENT.

Ouf…. ouf….

AGATHE.

Eh bien, la Piece !…

CLEMENT.

Au diable.

LISETTE.

Celicour….

CLEMENT.

Au diable, au diable.

LISETTE, *triste.*

Elle eſt tombée !

CLEMENT.

Tombée à plat…. Quel ennui!

AGATHE, *à part.*

Réjouiffons-nous.

L'EXERGUE.

Par la barbe de Jupiter, j'en fuis ravi…. Mânes d'Ariftophane, Mânes de Terence, puiffe cette nouvelle victoire être portée par la Déeffe aux cent bouches jufques dans les champs Elifiens!…

LISETTE.

En vérité, Monfieur, vous êtes d'un bien fingulier caractère : que vous a fait ce jeune homme ? (*A Clément.*) Nous voilà bien avancés ; j'efpérois…. tu fçais bien ?….

CLEMENT.

J'entends, j'entends…. Cela eft malheureux…. mais que diable! ce n'eft pas la faute du Public; il a eu une complaifance dont l'Auteur doit lui fçavoir gré….

AGATHE.

(*A part.*) Tout fert mes vœux…. (*Haut.*) Et mon oncle….

CLEMENT.

Ah! votre oncle…. Il eft fi bon ami! …. C'eft refpectable en vérité; il crioit tant, applaudiffoit tant, qu'on eût dit qu'il étoit l'Auteur de la Piece fifflée; en confcience, il aime bien ce

M. Celicour; cela m'attendrissoit. Tenez, le voici, M. de Fintac; voyez comme il a l'air affligé....

SCENE IV.

FINTAC, L'EXERGUE, AGATHE, LISETTE, CLEMENT.

FINTAC.

O Fortune ennemie! n'ai-je donc tant vécu que pour....

L'EXERGUE, *lui frappant sur l'épaule.*

Homme incrédule.... Vous en rapporterez-vous à mes décisions? Les têtes modernes sont-elles capables?....

FINTAC, *triste.*

Vous avez vu représenter....

L'EXERGUE.

Non, graces aux Dieux immortels.

FINTAC.

(*A part.*) Le butor!... (*Haut.*) Ah! Clément, tu y étois: n'est-il pas vrai qu'elle étoit bonne?....

CLEMENT, *d'un ton suffisant.*

Ah! je dis.... oui, Monsieur; bonne sans doute; mais elle n'étoit pas amusante.

FINTAC, *en colere.*

Ignorant!... va-t'en....

CLEMENT, *avec bonhommie.*

Mais c'est une chose bien étonnante que l'a-
mitié qu'a M. de Fintac pour ce Celicour....

LISETTE.

Viens avec moi.   (*Elle l'emmene.*)

SCENE V.

FINTAC, L'EXERGUE, AGATHE.

AGATHE *se retire dans le fond du Théâtre.*

Observons comment finira leur querelle.
            (*Elle fait semblant de lire.*)

L'EXERGUE.

Des absurdités, je parie; des platitudes : enfin
convenez que votre Celicour est un sujet sans
mérite....

FINTAC, *se fâchant.*

En vérité, je ne vous conçois pas; vous me con-
tredites sans cesse, il n'y a pas de délicatesse dans
vos procédés; Celicour est le fils d'un de mes
intimes, je le protége, & vous le traitez ainsi;
il n'y a qu'un pédant....

L'EXERGUE, *furieux.*

Pédant! moi pédant! la niece & l'oncle se

font donné le mot. Traiter ainfi un fçavant de
mon efpece, qui connoît tous les tréfors de l'antiquité, les fecrets de la nature, qui commente
Juvenal, explique Homere,... & traduit Tacite;
qui a penfé faire le voyage d'Herculanum & vifi-
ter les ruines de Palmyre; un fçavant qui poffede
la Trigonométrie, la Métallurgie....

FINTAC.

Et qui ignore ce qu'il doit à un galant homme
qui l'a comblé de bienfaits.

L'EXERGUE.

O *fatum !* .... Devois-je m'attendre à cette
infulte ? Divine antiquité ! Ciel barbare, que ne
m'as-tu fait naître deux mille ans plutôt ! vous ne
me reverrez plus.... *Odi profanum vulgus &
arceo.*   (*Il fort.*)

SCENE VI.

FINTAC, AGATHE.

AGATHE, *à part.*

Le voilà congédié.... Bon.... jouons bien
notre rôle.

FINTAC.

Que faifois-tu là ? ....

AGATHE, *finement.*

Ah ! mon cher oncle ! ....

FINTAC.

Quoi!...

AGATHE.

J'admirois votre bon cœur & votre patience.
Cette Comédie de Celicour....

FINTAC.

Eſt excellente, excellentiſſime ; parce que cet
original de l'Exergue.... Ne le crois pas....

AGATHE, *finement.*

Mon Dieu non ; j'ai bien vu que l'envie.... Je
me ſuis retirée de dépit.... enfin cette excellentiſſime Piece.... eſt tombée....

FINTAC.

Oui, la cabale.... J'avois...., ou plutôt Celicour, avoit oublié de ſoudoyer la moirié du Par-
terre : & puis faites de bons Ouvrages ; voilà,
voilà la récompenſe ;....

AGATHE.

Cela eſt bien triſte.... Mais après tout, mon
oncle, pourquoi vous affliger tant ?.. Celicour
mérite ce ſort : de quoi s'aviſe-t-il de donner
une Comédie ?....

FINTAC.

De quoi s'aviſe-t-il !.... C'eſt bien à vous à
raiſonner ſur ces matiéres ; il a bien fait, très-
bien fait.... ſiffler cette troiſiéme Scéne qui
m'avoit couté...., qui m'avoit fait tant de plaiſir
à la lecture....

AGATHE, *finement.*

Quoi!... vous vous fâchez?... Ce n'étoit pas mon intention ; mais vous sçavez que les Pieces qui réussissent le mieux en les entendant lire....

FINTAC.

Je sçais.... qu'on prend à tâche de m'impatienter ; qu'on me laisse.... Je vais.... je vais chez moi.   (*Il sort.*)

SCENE VII.

AGATHE.

Mon oncle a pensé tout découvrir... Je vais attendre ici Celicour ; il doit être furieux ; il ne sçait pas qu'il ne devra son bonheur qu'à la chûte de cette Piece.... Le voici ; contenons-nous.

SCENE VIII.

AGATHE, CELICOUR, *furieux.*

CELICOUR.

Je vous l'avois prédit ; elle est tombée, & tombée honteusement.

AGATHE.

Tant mieux.

CELICOUR.

CELICOUR.

Eh quoi, tant mieux !... Quand je me suis couvert de honte, & que je me rends, pour vous complaire, la fable de Paris.... Ah! c'en est trop, Mademoiselle, il n'est pas temps de plaisanter; je vous aime plus que ma vie; mais dans l'état d'humiliation où je me vois, je suis capable de renoncer à la vie, à vous-même. Je connois votre oncle; il sera le premier à rougir de me revoir, & ce que j'ai fait pour vous obtenir, m'en interdit peut-être à jamais l'espérance.... Qu'il se prépare cependant à reprendre sa Piece, ou à me donner votre main; il n'y a que ce moyen de me consoler & de m'obliger au silence. Le Ciel m'est témoin que si par impossible son Ouvrage avoit réussi, je lui en aurois rendu la gloire; il est tombé, j'en supporte la honte; mais c'est un effort de l'amour...... dont vous seule pouvez être le prix.

AGATHE, *avec une bonté maligne.*

Il faut avouer qu'il est cruel de se voir sifflé pour un autre.

CÉLICOUR.

Cruel!... au point que je ne voudrois pas jouer ce rôle pour mon pere.

AGATHE, *malignement.*

Avec quel air de mépris on voit passer un

malheureux dont la Piece a été fifflée!.....

CELICOUR.

Le mépris eft injufte.... on s'en confole.... mais l'orgueilleufe pitié.... c'eft-là ce qui eft humiliant.

AGATHE, *malignement.*

Je crois que vous étiez bien confus en defcendant l'efcalier?.... Avez-vous falué les Dames?....

CELICOUR.

J'aurois voulu m'anéantir.

AGATHE.

Le pauvre garçon!... Et comment oferez-vous reparaître dans le monde?

CELICOUR.

Je n'y paroîtrai je vous jure qu'avec le nom de votre époux, ou qu'après avoir rejetté fur M. de Fintac l'humiliation de cette chûte.

AGATHE.

Vous êtes donc bien réfolu à mettre mon oncle au pied du mur?

CELICOUR.

Très-réfolu, n'en doutez pas; qu'il fe décide dès ce foir même.... S'il me refufe votre main, tous les Journaux vont annoncer qu'il eft l'Auteur de la Piece fifflée.

AGATHE.

Eh! voilà ce que je voulois; voilà l'objet de ces *tant mieux* qui vous impatientoient si fort.

CELICOUR, *avec vivacité.*

Quoi!

AGATHE.

Celicour, il est temps de vous découvrir mon cœur; vous l'avez rendu sensible, le peu d'espérance que j'avois de notre union m'a fait vous le cacher; il n'y avoit qu'une aventure pareille....

CELICOUR, *avec joie.*

Fille charmante, ma reconnoissance....

AGATHE.

J'entends mon oncle, parlez-lui.... (*Tendrement.*) Adieu, Celicour.

SCENE IX.

CELICOUR, FINTAC *rêvant.*

FINTAC.

JE suis outré.... Je ne sçais où porter mes pas.

CELICOUR, *à part.*

Soyons fermes.

(*Fintac leve les yeux & l'apperçoit; ils se regardent en silence, Celicour le rompt.*)

CELICOUR.

Eh bien, Monsieur.... qu'en dites-vous?

E ij

FINTAC.

Je dis, mon ami, que le Public eft un animal ftupide, & qu'il faut renoncer à travailler pour lui.... Mais confoles-toi, ton Ouvrage te fait honneur dans l'efprit des gens de goût.

CELICOUR, *vivement.*

Qu'appellez-vous mon Ouvrage ? c'eft bien le vôtre.....

FINTAC.

Parle plus bas, je t'en conjure; mon cher enfant, parle plus bas.

CELICOUR.

Il vous eft bien facile de vous modérer, Monfieur, vous qui vous êtes fauvé prudemment de la chûte de votre Piece.... mais moi qu'elle écrafe....

FINTAC.

Ah ! ne crois pas qu'une pareille chûte te faffe tort ; les gens éclairés ont vu dans cet Ouvrage des chofes qui annoncent le talent.

CELICOUR.

Non, Monfieur, je ne flatte point ; la Piece eft mauvaife ; j'ai acquis le droit d'en parler avec franchife, & tout le monde eft de mon avis ; un défaftre auffi accablant eft au-deffus de mes forces.... & je vous prie de vous en charger.

FINTAC, *presque pleurant.*

Moi, mon ami, moi me donner le ridicule !...

Perdre en un jour une confidération qui eft l'ouvrage de vingt ans , & qui fait l'efpérance de ma vieilleffe..... Aurois-tu bien cette cruauté ?

CELICOUR.

N'avez-vous pas eu celle de me rendre la victime de ma complaifance ?... Si vous fçaviez combien il m'en a coûté !....

FINTAC, *prefque pleurant.*

Je fçais tout ce que je te dois; mais mon cher Célicour, tu es jeune, tu as le temps de prendre des revanches, & il ne faut qu'un fuccès pour faire oublier ce malheur; au nom de l'amitié, foutiens-le avec conftance, je te le demande les larmes aux yeux.

CELICOUR.

Eh bien, Monfieur, j'y confens; mais je fens trop les conféquences d'un premier début, pour m'expofer au préjugé qu'il laiffe; je renonce au Théâtre, à la Poëfie, aux Belles-Lettres.

FINTAC.

Oüi, c'eft bien fait; il y a pour un jeune homme de ton âge tant d'autres objets d'ambition !

CELICOUR, *vivement.*

Il n'en eft qu'un pour moi, Monfieur, & il dépend de vous.

FINTAC.

Parle, il n'est point de service que je ne te rende; qu'exiges-tu?

CELICOUR.

La main de votre niece.

FINTAC.

La main d'Agathe?

CELICOUR.

Oui, je l'adore, & c'est elle qui pour vous plaire m'a fait consentir à tout ce que vous avez voulu.

FINTAC.

Ma niece est de la confidence!....

CELICOUR.

Oui, Monsieur.

FINTAC.

Ah! son étourderie aura peut-être.... Holà! quelqu'un. (*Un Laquais paroît.*) Allez dire à ma niece qu'elle vienne.

CELICOUR.

Rassurez-vous; Agathe est moins enfant, moins étourdie qu'elle ne paroît l'être.

FINTAC.

Tu me fais trembler.... je suis dans une inquiétude....

SCENE X, & derniere.

FINTAC, CELICOUR, AGATHE.

FINTAC.

MA chere Agathe, tu sçais ce qui se passe & le malheur qui vient d'arriver?....

AGATHE.

Oui, mon oncle.

FINTAC.

N'as-tu révélé ce fatal secret à personne?....

AGATHE.

A personne.

FINTAC.

Tu me le promets bien?

AGATHE.

Oui, mon oncle, je vous le jure.

FINTAC.

Eh bien, mes enfans qu'il meure avec nous trois; je vous le demande comme la vie... Agathe, Celicour vous aime; il renonce par amitié pour moi aux Lettres, au Théâtre, & je lui dois ta main pour prix d'un si grand sacrifice.

CELICOUR, *baisant la main d'Agathe.*
Il est trop payé.

AGATHE, *souriant au Public.*

J'épouse un Auteur malheureux ; mais je me charge de le consoler de son infortune ; le pis aller est qu'on lui refuse de l'esprit..... tant d'honnêtes gens s'en passent ; & pour n'avoir pas fait une bonne Pièce de Théâtre, on n'en est pas moins bon pere, bon mari, bon Citoyen.

(*La toile tombe.*)

Fin du troisième & dernier Acte.

APPROBATION.

J'AI lu, par ordre de Monseigneur le Chancelier, *le Connoisseur,* Comédie de société, & *Jenni,* Drame, & n'y ai rien trouvé qui m'ait paru en empêcher l'impression. A Paris, ce 6 Décembre 1770.

CRÉBILLON.

www.ingramcontent.com/pod-product-compliance
Ingram Content Group UK Ltd.
Pitfield, Milton Keynes, MK11 3LW, UK
UKHW020004080726
13614UKWH00003B/1267